作者簡介

陳芃樺

1979年7月10日生
國立高雄師範大學視覺設計研究所
現為高雄市國小視覺藝術教師

曾任
幼兒園教師十二年
幼兒園園長兩年
國小視覺藝術教師第七年
2019年辦繪本創作個展
曾幫公益團體繪製石虎著色圖
曾擔任東港安泰醫院長照樂智社區服務據點健康促進活動認知刺激班講師
高雄市新莊國小藝術營隊指導老師

作者序

感謝您的欣賞與閱讀。
這是芃樺的第一本繪本，是一個起始，一個開端，
而不是結束。
素人畫家，沒有華麗的技巧，
內容卻蘊藏著對台灣這塊土地豐富的情感，
濃烈，熾熱。
願以此繪本獻給關心台灣生態環境的您們，
讓我們一起為更美好的台灣而努力。
祝 閱讀愉快

陳芃樺

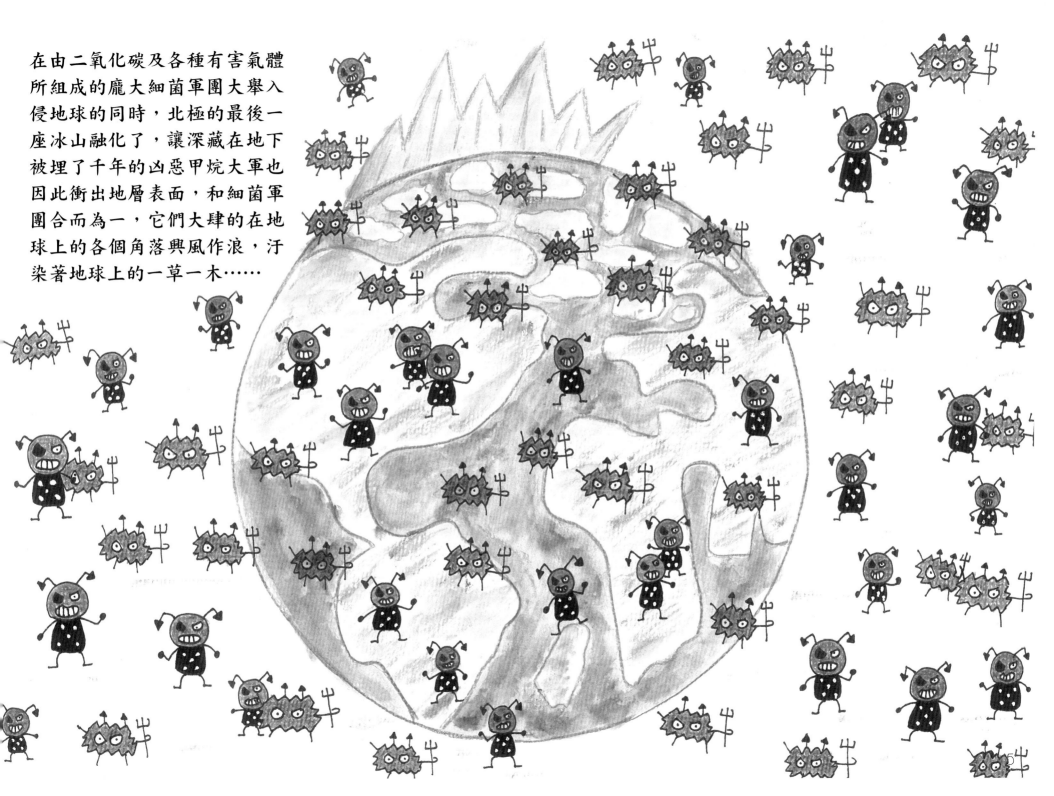

在由二氧化碳及各種有害氣體
所組成的龐大細菌軍團大舉入
侵地球的同時，北極的最後一
座冰山融化了，讓深藏在地下
被埋了千年的凶惡甲烷大軍也
因此衝出地層表面，和細菌軍
團合而為一，它們大肆的在地
球上的各個角落興風作浪，汙
染著地球上的一草一木……

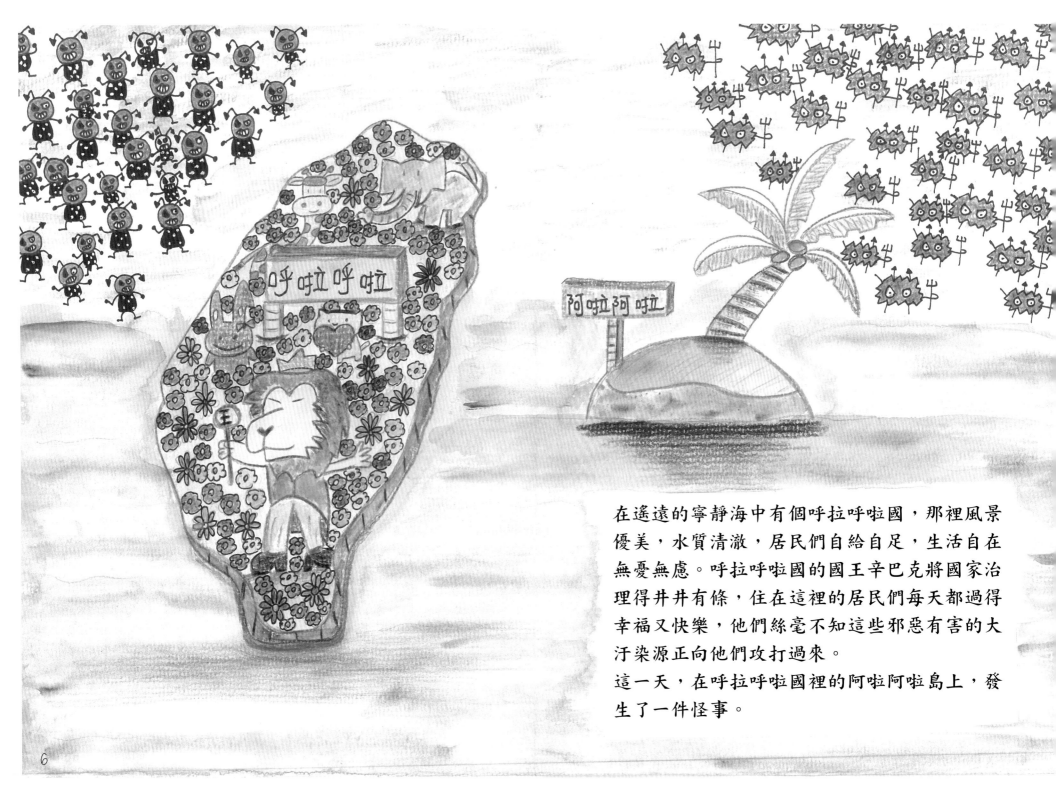

在遙遠的寧靜海中有個呼拉呼啦國，那裡風景優美，水質清澈，居民們自給自足，生活自在無憂無慮。呼拉呼啦國的國王辛巴克將國家治理得井井有條，住在這裡的居民們每天都過得幸福又快樂，他們絲毫不知這些邪惡有害的大汙染源正向他們攻打過來。

這一天，在呼拉呼啦國裡的阿啦阿啦島上，發生了一件怪事。

旭日東昇，豬麗葉一大早起床，
伸了伸懶腰，打了個大哈欠。

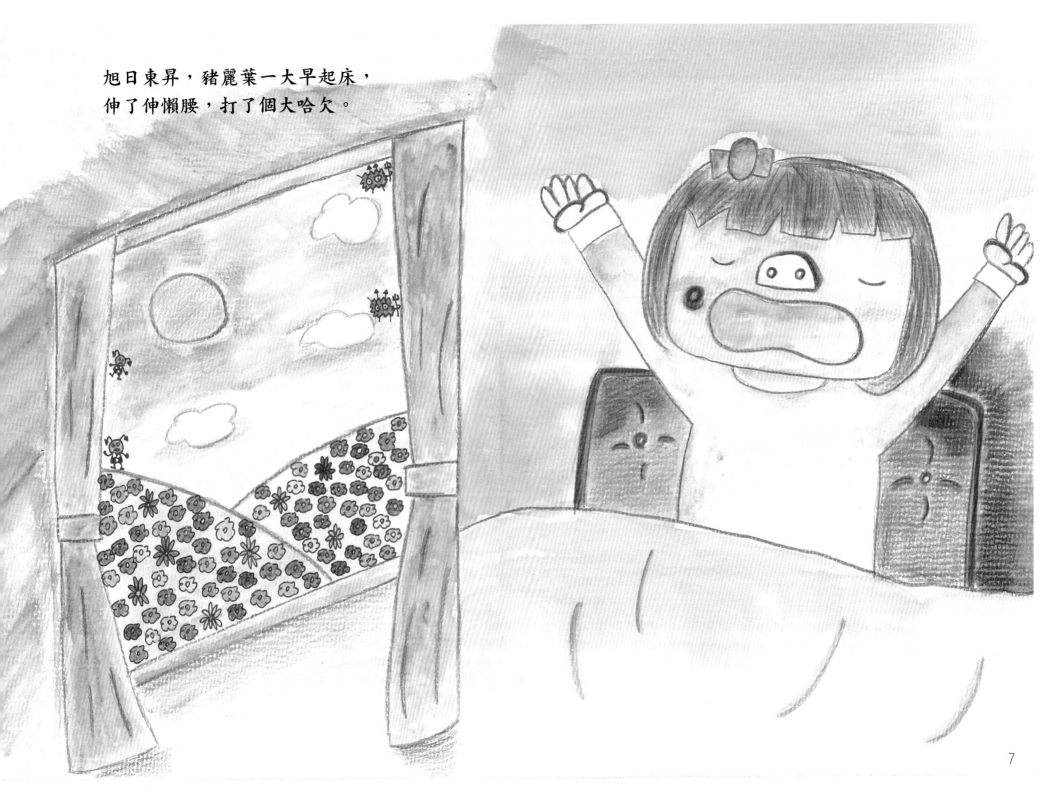

正當豬麗葉睡眼惺忪的走到浴室要洗臉時，她從鏡子裡看到她的右邊臉頰長了一顆痘子。

8

豬麗葉摸摸自己的臉頰，吃驚的說：「唉呀！不得了，我的臉怎麼長出又圓又硬又大又痛的痘子呢？」

豬麗葉充滿疑惑，她不知道為什麼臉頰會長出一顆大痘子，但是生病總得去看醫生，所以豬麗葉決定前往嘎啦嘎啦島上找最親切的兔寶醫生來幫她治療。

一走出家門，天空烏雲密佈，看起來好像快要下雨的樣子，不只如此，空氣中還瀰漫著塵霾，讓大地看起來黑漆漆也灰濛濛的。

豬麗葉定睛一看，竟然是一隻大巨龍，牠正用牠的大鼻孔對著阿啦阿啦島噴煙，大巨龍看起來又凶又生氣，噴出來的煙也是又臭又髒又黑。

阿啦阿啦

「哈～～啾！」豬麗葉打了個大噴嚏。

她摸摸臉頰，臉上的痘子變得更圓更硬更大更痛了。那一陣渾濁的空氣，讓豬麗葉覺得噁心、想吐，頭也暈眩了起來，豬麗葉只想快點離開這裡。

13

當豬麗葉在灰濛濛的空氣中往前走時，她遇見了阿啦阿啦島上的老鄰居羊麗花。
當豬麗葉看見羊麗花時……

豬麗葉驚訝的用手指著羊麗花頭上的羊角說：「妳的角看起來不一樣。」
羊麗花哭喪著臉說：「我今天早上起床時，發現頭上的角已經變成這樣子了。」
羊麗花指了指她自己頭上一大一小且奇形怪狀的角。

原來，羊麗花跟豬麗葉一樣都生病了：
一個臉頰長痘子，一個頭上長怪角。
她們倆決定要一起去找嘎啦嘎啦島的兔
寶醫生來治療她們的怪病。

15

她們在烏煙瘴氣的灰黑世界裡走著，突然看到前方有一條五顏六色的小河，它不但夾雜了刺鼻的藥水味，而且彩色的臭水還一直源源不絕的冒出來。

羊麗花驚訝的指著前方說：「唉呀！有一隻五層樓高的大章魚怪，正在小河裡吐出各種顏色的髒水，好臭呀！」
她們快跑離開這裡。

突然間，羊麗花看到對面的山頭有一座會發光的寶石山，她們快速往寶石山的方向跑過去。

18

當她們來到寶石山下時才發現這根本不是寶石山，而是很多的塑膠和垃圾堆積而成一座座的山，當陽光照射在許多塑膠垃圾上時，看起來就像會發光的樣子。

19

「是誰在這裡滴滴咕咕的呀？」一陣比雷聲還要大的講話聲從山裡傳了出來。

豬麗葉和羊麗花猛然一看，是一隻長得像熊又像狼的巨獸，牠利用發光來吸引人靠近，好讓牠能一口吃掉。

這隻長得像熊又像狼的巨獸正張開牠的血盆大口，想要吃掉豬麗葉和羊麗花，她們只好一直跑，一直跑，直到看不見巨獸的蹤影。

21

就在此時，豬麗葉發現羊麗花頭上的角已經變得更巨大更奇怪，甚至還多了好幾支尖銳又帶刺的角；而羊麗花也看到豬麗葉臉頰上的痘子，比剛才更紅腫更嚴重，痘子旁邊也陸續冒出許多大大小小的水泡。
「我們再忍耐一下，嘎啦嘎啦島就快要到了。」豬麗葉說著。

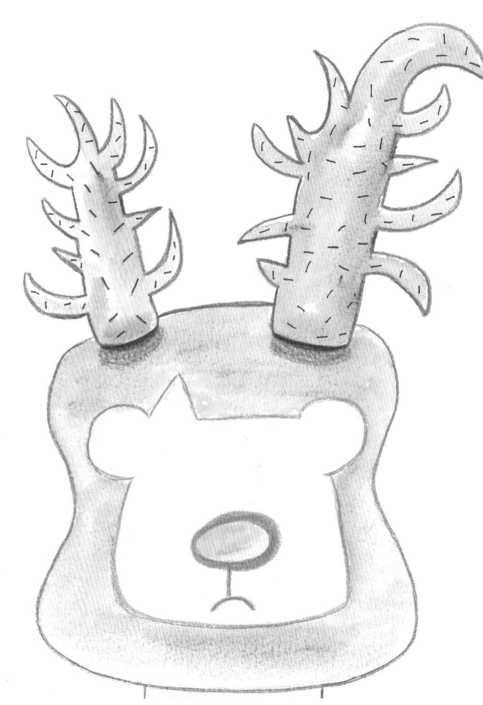

突然間，轟隆一聲巨響，閃電和打雷齊發，下起大雨了。一大群狼從山上跑下來，牠們凶狠的砍掉了所有的樹，毀掉了所有的房子，只要是牠們目光所及無一倖免，這群狼來勢洶洶，幾乎把整座山都剷平了。

豬麗葉和羊麗花被眼前的情況嚇呆了，顧不得其他，手拉著手拔腿就往山下跑。

她們一直跑一直跑，也不知道跑了多久，終於在一座村莊前面停了下來，她們又累又餓。
羊麗花說：「去跟村民要點東西吃吧！」
豬麗葉跟著說：「我也已經走不動了。」
正當她們要走進村莊時，發現她們來到了嚕啦嚕啦村，從這裡到阿啦阿啦島已經有兩座山的距離了。

24

一走進嚕啦嚕啦村，這裡的村民們立刻向她們走來。村民們你一言我一語的說著：「羊麗花真是好久不見了呢！」
「豬麗葉真是稀客，怎麼有空來我們這裡呢？」
原來是咪太太和鼠大嫂，仔細一看，沒想到咪太太和鼠大嫂的尾巴不但分叉了也長滿了尖銳的毛，村子裡到處都是變異變形的農作物，還有其他畸形的動物，正朝著她們大叫。

「這到底怎麼回事？」羊麗花問道。
咪太太和鼠大嫂說：「自從狐狸村長將一桶一桶的鐵桶搬來放在嚕啦嚕啦村之後，村子裡的所有生物都變了，而且可怕的是，這些村民們臉上開始長滿了許多又紅又硬的大痘子，頭上也長出好多怪異的角。」

「一桶一桶的鐵桶？」羊麗花疑惑的問道。

「就是那個！」咪太太指著前方那一些堆積如山的黃色大桶子，桶子上還有像電風扇葉片的形狀。

「自從嚕啦嚕啦村被狐狸村長放了這麼多黃色桶子之後，我們就一直生病。」鼠大嫂傷心的說。

在和大夥兒告別之後，豬麗葉和羊麗花離開了嚕啦嚕啦村，繼續前往嘎啦嘎啦島找兔寶醫生，因為此時豬麗葉臉頰的大痘子已經又紅又腫又大，看起來好像隨時都會爆炸似的，而羊麗花的角又長出好多支新的刺角出來，而且整支角看起來又紅又黑，簡直像一柱火焰一樣。

豬麗葉說：「這一切都太奇怪了，我覺得我們應該跟辛巴克國王報告這件事，請他來幫人民想想辦法。」

在前往嘎啦嘎啦島的途中會經過辛巴克國王的城堡，於是她們一起去覲見了辛巴克國王，跟國王報告這一切所發生的事情，而國王也答應要讓呼拉呼啦國恢復以往的清新與平靜。

29

首先，辛巴克國王請嚕啦嚕啦村的村民一起將堆疊在村裡的黃色大鐵桶先搬移到無人小島上，讓嚕啦嚕啦村恢復了以往的乾淨樣貌。

國王請狐狸村長要特別注意，別讓黃色大鐵桶再存放到村子裡了，因為這些黃色鐵桶裡有輻射汙染物，這也是村民及農作物與生物變種的主要原因。

接下來，辛巴克國王再派遣一支訓練有素的黑熊部隊去收服山上那一大群狼，並告誡牠們不該再亂砍樹，因為這樣子山坡地會失去保護力，每到下雨就容易形成土石流。

辛巴克國王也發起種樹愛地球的運動，請村民們一起在世界各地種樹，大樹，小樹，榕樹，椰子樹……等，讓二氧化碳及各種有害氣體所組成的龐大細菌軍團與凶惡甲烷大軍節節敗退，逃之夭夭，最後消失在地球上。

接著，辛巴克國王又命令大象軍團把一座座的垃圾山用大腳踩扁，之後又將長得像熊又像狼的巨獸驅離，村民們忙著清除堆積已久的垃圾，並將垃圾整理分類好，讓小島恢復以往的潔淨。

33

辛巴克國王再下令由噴火龍家族來消滅五層樓高的大章魚怪，大章魚怪不甘示弱，硬是要在小河裡吐出更多顏色的髒水，在雙方扭打纏鬥一番之後，噴火龍發動噴火攻勢，一口燒毀了大章魚怪。

沒有了髒水，小河頓時恢復了清澈明淨，村民們在小河旁邊立了請勿汙染水源的警告標誌，並告訴大家珍惜水資源的重要性。

最後只剩下大巨龍在作怪，牠不斷的噴出又臭又髒又黑的煙，讓天空灰濛濛的。辛巴克國王派了最強的鯨魚戰隊從海上噴水進攻，不但澆熄了黑煙，海水也把被燻黑的阿啦阿啦島洗滌乾淨，大巨龍落荒而逃。

村民們訂好了防治空氣汙染的法則，希望大家能一起維護這得來不易的清新空氣。

在辛巴克國王的整頓與村民們同心協力大掃除之後，呼啦呼啦國和阿啦阿啦島，以及嚕啦嚕啦村都恢復了往日的寧靜與祥和，豬麗葉和羊麗花的怪病竟然奇蹟似的痊癒了：豬麗葉臉頰的大痘子消失了，而羊麗花奇形怪狀的角也變回原來的樣子。

既然已經恢復健康，那就不需要再去找嘎啦嘎啦島的兔寶醫生了，於是豬麗葉和羊麗花決定要回到阿啦阿啦島的家。

沒想到就在此時，天搖地動，大地的裂痕從遠處一直蔓延到她們的腳邊，地板出現了一個大坑洞。羊麗花沒站穩，一下子就掉進看不見底的黑黑深坑裡。
豬麗葉趕緊向前想抓住羊麗花，一個箭步沒抓緊，也跟著跌落黑洞裡。

而這黑洞有如無底洞似的，讓她們一直往下墜，往下墜……。
「救命啊～～」豬麗葉覺得一陣天旋地轉，耳朵旁轟隆隆的聲音，讓她覺得受不了。

「叮鈴鈴鈴……」豬麗葉被這個聲音驚醒了
過來，原來是鬧鐘一直在響。

豬麗葉趕緊跳下床，拉開窗簾，她看到窗外風和
日麗鳥語花香，沒有霧霾，也沒有山崩地裂。
她又摸摸自己的臉頰，哪有什麼又圓又硬又大又
痛的痘子呢？

「原來我做了一個可怕又真實的夢，還好這只是一場夢。」豬麗葉在心裡想著。
「而且這個夢，最好永遠都不要成真。」豬麗葉開心的說著。

41

在遙遠的寧靜海中有個呼拉呼啦國，那裡風景優美，水質清澈，居民們自給自足，生活自在無憂無慮。呼拉呼啦國的國王辛巴克將國家治理得井井有條，住在這裡的居民們每天都過得幸福又快樂，而豬麗葉應該是最開心的，因為她剛經歷了一場真實的夢。

感謝

文藻外語大學創意藝術產業研究所　黃壬來 教授

國立高雄師範大學視覺設計研究所　洪明宏 教授
我的父母與家人
我的先生　則勳
大女兒　千珈
小女兒　縗安

iDraw（12）

豬麗葉

文 ／ 圖　陳芃樺
校　　對　陳芃樺
專案主編　吳適意
出版編印　吳適意、林榮威、林孟侃、陳逸儒、黃麗穎
設計創意　張禮南、何佳諠
經銷推廣　李莉吟、莊博亞、劉育姍、李如玉
經紀企劃　張輝潭、洪怡欣、徐錦淳、黃姿虹
營運管理　林金郎、曾千熏
發 行 人　張輝潭
出版發行　白象文化事業有限公司
　　　　　412台中市大里區科技路1號8樓之2（台中軟體園區）
　　　　　出版專線：（04）2496-5995　　傳真：（04）2496-9901
　　　　　401台中市東區和平街228巷44號（經銷部）
　　　　　購書專線：（04）2220-8589　　傳真：（04）2220-8505
印　　刷　基盛印刷工場
初版一刷　2020年3月
定　　價　299元
ISBN：978-986-358-957-0

白象文化　印書小舖　出版 · 經銷 · 宣傳 · 設計
www.ElephantWhite.com.tw　自費出版的領導者　購書 白象文化生活館